Jacques Gamblin

Le toucher de la hanche

le dilettante
9-11, rue du Champ-de-l'Alouette
Paris 13e

ISBN 2-84263-003-3.

À Mado.

Pour soulever une fille il fallait savoir valser. Si tu ne savais pas tu te la faisais piquer par un vieux qui savait.

Un valseur.

LA VALSE c'est le maintien du couple. C'est l'ange gardien du ménage. Parce que vous avez des couples lui il va à la pêche elle va à la chasse et ils se perdent de vue. Que d'avoir un lien commun on est obligés de se voir. Étant obligés de se voir on est obligés de s'aimer. Étant obligés de s'aimer ça continue ! Je ne dis pas que si je ne valsais plus on ne s'aimerait plus c'est trop tôt pour le dire. Je dis simplement que si je ne valse pas avec ma femme ce n'est pas le bonheur !

Parce que vous avez des femmes qui

me disent vous êtes champion j'aimerais bien valser avec un champion. Oui mais moi ce n'est pas le bonheur. Bien sûr je ne refuse pas. Je leur dis si vous voulez bien patienter je suis fatigué je viens de valser avec ma femme. Et si plus tard elles remettent ça je leur donne quand même un peu de plaisir. Mais j'ai vu ma femme comme ça être invitée et trimbalée. Secouée comme un vulgaire panier à salade. Et je parle des vieux paniers à salade bien sûr. Dans tous les azimuts. J'en étais gêné. J'ai même vu une période où il y en a qui fumaient sur la piste. Vous passiez en slow-fox à côté d'un fumeur et toute la robe prenait feu. Vous savez combien ça coûte une robe ?... Non !... Vous ne savez pas !... Heureusement vous seriez surpris ! J'ai dû taper sur ma femme pour étouffer ses flammes et mon assureur n'a rien voulu savoir. À la fin le champion du panier à salade il me dit vous avez de la chance vous avez une belle femme. Merci monsieur tout le plaisir est pour moi ! Et c'est vrai qu'avec ses belles toilettes ça fait une belle femme…

Une fois j'ai vu un accordéoniste descendre sur la piste pour la faire monter sur le podium. Il voyait ma femme tournoyer il était en extase. Il voulait même qu'elle mange dans son assiette. Lui était troublé de regarder ma femme. Moi j'étais troublé de le regarder regardant ma femme. Et ainsi de suite. Ça n'a pas de fin quand tout le monde est troublé…

Vous êtes un pro vous êtes un pro ! Je l'aurais tué. Moi je suis un amateur. Je serai toujours un amateur. Alors bien sûr on a des différences. Elle est têtue je suis sagittaire. Elle est taureau. Il me faut un certain temps... avant de réagir. Quelqu'un qui m'agresse. Je réponds... rien. Et après longtemps après. Je lui dis vous m'agressez pourquoi ! ?... Mais il est trop tard parce que lui il ne s'en souvient plus. Et ça dans tous les domaines. Moi je suis classique !

Pareil pour la chaussure. Classique. Mais qui ne vous fatigue pas. Une qui a déjà marché. Souple. Une chaussure à votre pied. Quand vous l'avez vous ne la sentez pas. Quand vous la quittez elle ne sent pas. Qui ne sue pas et qui ne vous fait pas suer. Qui anticipe le pas et qui vous incite à tourner. Une chaussure qui aime le plancher. Ni trop petite pour la circulation ni trop grande sinon elle vous quitte. Une qui glisse mais ne dérape pas. Qui n'étouffe pas votre pied. Un pied qui respire. Qui adhère à la chaussure et la chaussure au parquet. Mieux vaut en emporter deux paires. Vous essayez discrètement. Une semelle cuir et une patin caoutchouc. Mieux vaut prévoir. Vous ne venez pas la veille pour reconnaître le parcours. Plancher sapin. Parquet chêne. Ciré. Non ciré. Vitrifié ou non. Parfois carrelage. La moquette vous laissez tomber. Que ce soit de la vachette du bœuf du cheval du porc du buffle du veau de l'agneau de la chèvre du daim ou du nubuck c'est bien étudié ces patins-là. C'est pas agrippant comme une gomme ou du crêpe. Pour la valse j'entends. Parce que avec des chaussures ordinaires au bout d'une heure vous pouvez mettre vos pieds dans vos poches. Et quand on a mal aux pieds on a mal partout. Sinon bien sûr on peut supporter un caoutchouc. Pour le bonbout des hommes de l'elca. Pour le bonbout des femmes du topalan et ensuite du vulcotop. C'est plus dur que le topalan. Mais pour ma femme il faut un peu de talon et surtout une bride. Et pour moi le mieux c'est une chaussure montée Goodyear. C'est-à-dire avec une couture sur la trépointe et une couture qu'on ne voit pas mais qu'on voit à l'intérieur. Il y a deux coutures. Ça fait un ensemble. Je récapitule la couture de la semelle intérieure qui prend la tige et la trépointe et la couture que l'on voit sous la semelle qui est cousue avec la trépointe. Celle que l'on voit à l'intérieur c'est celle qui est cousue mais qu'on ne voit qu'à l'intérieur. De part en part quoi. Classique !

Et pas que dans la valse. Dans tous les

domaines. Je rentre. Je pose ma sacoche. Je me lave les mains et elle elle est prête. Pareil quand elle était enceinte. Je rentre. Je pose ma sacoche. Elle est enceinte. Je me lave les mains. Je lui dis ce n'est pas grave. Je me mets à table. Elle est prête. Je mange. Je me couche. On dort. On se lève. Je me mets à table. Elle est prête. Je mange. Je prends ma sacoche et je pars aux trois-huit. Pendant dix-sept ans et six jours. Au septième jour je rentre. Je pose ma sacoche. J'étais allé travailler quand même. J'avais oublié que j'étais viré depuis la veille. Je me lave les mains. Je me mets à table et là... Elle pète les plombs ! Elle me dit je veux aller danser ! Si ça te plaît tu viens je ne t'oblige pas mais moi j'y vais ! Dix-sept ans et sept jours que j'attends ça ! dix-sept ans et six jours que je fais des pull-overs à la maison ! Une maille à l'envers une maille à l'endroit ! Aujourd'hui j'ai envie d'aller tricoter dehors !...

Il y a eu un clac dans sa tête et c'était ce jour-là... Eh bien je l'ai suivie et avec le recul je crois que j'ai bien fait.

Elle arrive au syndicat d'initiative. Elle voit une dame. Elle lui dit bonjour madame. Elle est en pleine forme. Elle lui dit aujourd'hui c'est mon anniversaire. La dame s'en fiche. Elle lui dit j'ai envie d'aller danser où est-ce que je peux aller danser ? La dame la regarde avec des yeux ! La dame lui dit c'est formidable et elles sont devenues amies pour toujours. La dame est décédée la semaine dernière. Et nous on est allés au casino. Là déjà on nous regardait. On nous regardait !

Le lendemain pareil cinq à sept à quinze heures. À quatorze elle est prête. Mise en plis. Robe de chambre. Plus qu'à enfiler la robe. J'arrive. On mange dans la voiture. Je conduis sinon ça m'énerve. Elle me donne les bouchées. Quinze heures pile. Portes fermées ! Ouiiiii ! c'est malheureuuuux ! On a fait cent soixante kilomètres pour pas danserrrrr ! C'est une catastrooooooophe ! Écoute calme-toi je lui dis on va aller au café. Tu vas prendre un café. Elle buvait beaucoup de café à l'époque. On va faire un tour au bord de mer et la soirée va se passer quand même. Elle commande son café. Elle boit son café. Je paie son café. Je retourne au casino. Elle sort du café et qu'est-ce qu'elle voit qui galope sur le parking ? MOI. Viens vite viens vite c'est une viennoise ! Je lui ai pris la main. On a survolé le parking. On a rattrapé le temps perdu. On est entrés là-dedans comme si c'était chez nous et on a chouravé la dernière mesure ! On a ballé tout l'après-midi sans interrompre vous vous rendez compte ! On s'est installés à une place et c'est resté la nôtre. Pour toujours. Cinq fois champions de Basse-Normandie la sixième année ils nous ont mis hors concours. DES ACHAAAARNÉS ! ils nous appellent là-bas. Les championnats les concours les démonstrations les exhibitions. Trois cent quatre-vingt-deux paires de chaussures douze millions de kilomètres vingt-cinq mille rien que pour le Trophée des champions. Vingt-deux régions. Deux mille kilomètres par week-end. Faites le compte. Les pneus l'argent les tonnes de gas-oil. Manger sur la route. Dormir dans la voiture. La semaine les week-ends. Jusqu'à des cinq heures du matin. Quand les gens partent au boulot nous on rentre à la maison. Des fois deux jours de rang sans détourner. Des valses de quarante-cinq minutes. Ça on ne recommencera pas ! Ma femme a traversé la piste ses chaussures dans une main et une bière dans l'autre sans s'en rendre compte tellement elle était assoiffée. Elle ne pouvait plus faire autrement. Vous vous rendez compte nous sommes des ACHAAAARNÉS !

Valse anglaise Valse lente française et musette Swing Jive Twist Rumba Boston Paso Samba Baïon Mambo Tango Slowfox Fox-trot Be-bop Boogie One-step Two-steps Quickstep Java Salsa Polka piquée tournée Lambada Mazurka Cha-cha-cha Boléro Charleston Calypso Madison Bossa-nova. Et tout ça dans la lumière !

Que la techno c'est simple il n'y en a qu'une c'est la techno et pour être sourd à trente ans la techno c'est l'idéal. La danse séparée ce n'est pas de la danse parce que tu ne sens pas ta femme. Forcément tu ne l'attrapes pas. Tu ne la tiens pas. Un bon valseur il tient sa femme. Presque il la porte. Qu'elle se sente portée. Emportée. Qu'elle soit bien portante. Qu'elle fonde dans son valseur. Faut la tenir. La faire fondre. Pas la soutenir. La guider plutôt. Elle se laisse faire. C'est un oiseau. Si tu la lâches elle tient quand même. Tu l'emmènes. Tu la mènes. Tu t'adaptes à elle. Et elle à toi. Tu tiens les rênes. Elle le sent. Elle est libre. De partir. De rester. De faire un tour. Un détour. Tu arrives. Tu observes.

Elle observe. Tu la regardes. Tu la choisis. Elle te regarde. Elle se sent invitée. Tu approches. Tu invites. Elle est invitée. Tu la conduis. Tu la prends. Tu la tiens. Tu y tiens. C'est ta femme. C'est court une valse. Faut que ce soit toujours trop court une valse. Te faut pas seulement une bonne tourneuse. Faut qu'elle t'inspire. Tes jambes et les siennes ça tricote. Ça se faufile. Ça caresse le parquet. Ça survole. Ça anticipe le danger. Ça effleure le sol. Les pots-pourris les changez de cavalière tu laisses ça aux autres. Tu ne la choisis pas pour ses beaux yeux ou sa taille fine. Mais parce qu'elle tourne avec toi. Ta femme. Qu'elle tourne et qu'elle avance. Sans réfléchir. Qui mène la danse. C'est plus toi. C'est plus elle. Ça danse. Ça pousse. Ça avance. Ça tourne. Ça n'a plus d'importance. Et tu souffles en même temps. Tu souffles ton vertige. S'agit pas de tomber sur la dernière mesure. Une passe à l'endroit pour le plaisir. Une passe à l'envers pour dérouler le tournis. Et quand son dos fuit sous ta main tu la replaces. Tu la laisses fuir. Partir un peu. S'écarter. T'échapper. Et tu la rattrapes. Si ça rigole tu laisses venir. Si ça rigole c'est que tu t'envoles. Si ça rigole c'est que c'est la bonne…

Des ACHAAAARNÉS je vous dis !… En se faisant plaisir nous avons plaisir à donner du plaisir. Et si on est contents révérence et petit bisou. Mais vite fait petit bisou. Une fois elle était tellement contente elle a fait petit bisou avant révérence vous vous rendez compte. Je récapitule très content petit bisou et révérence. Content révérence et petit bisou.

Moins content révérence et pas de bisou. Pas content du tout rien du tout. Une seule fois elle ne m'a pas fait petit bisou !

Si vous ne savez pas valser vous allez louper votre vie. Regardez autour de vous. Je vous préviens il n'y a qu'à se retourner. Des milliers qui ont tout loupé !

Mais surtout il ne faut pas décomposer... Droit avant... 2... 3... Gauche arrière... 2... 3... Droite... 2... 3... Gauche à gauche... 5... 6... Mais il faut qu'elle recule elle... 1... Vous avancez... 2... 3... Et on reprend savamment... 5... 6... Gauche arrière... 2... 3...

À l'arrivée vous ne vous occupez plus de rien. Plus de la musique. Plus du rythme. Plus des pieds. Plus des bras. Vous ne vous occupez plus de personne.

Ça se fait tout seul. Vous n'êtes même plus là. Que nous deux. Plus d'orchestre. Plus de piste. Plus rien. Plus de salle des fêtes. Plus de mariage. Plus de samedi. Plus de dimanche. Ne parlons pas de la semaine. Il n'y a plus de semaine. Vous n'avez plus de corps. Vous n'êtes plus. Vous n'existez plus. Vous êtes une poussière. Non pas. Il n'y en a plus. Il n'y a plus de poussière. C'est propre. Vous êtes transparent. C'est-à-dire vous ne vous voyez plus. Vous n'êtes pas transparent. Vous ne faites partie de rien. Vous êtes rien. Sans majuscule. Ne me demandez pas ce que c'est Rien. Dieu peut-être. Mais vous n'êtes pas Dieu. Vous êtes beaucoup plus que ça. Vous êtes… vous n'êtes pas. Vous n'êtes plus né. Vous… vous n'êtes pas dans un autre monde. Il n'y a pas de monde. Il y a… Comment vous dire ça pour que vous compreniez qu'il n'y a plus rien à comprendre puisque Rien n'existe pas. Quand je dis vous êtes rien c'est encore trop sans majuscule... C'est-à-dire... Vous ne vous posez plus de question. Il n'y a plus de réponse donc il n'y a plus de question. Il n'y a que... même pas.

À l'arrivée. Y a pas à tortiller. On en arrive là. Là où j'en suis arrivé moi. LE BONHEUR !... Alors bon si vous n'en arrivez pas là... Ce n'est pas une raison pour se suicider. Ce serait stupide. Vous n'arriverez pas à ça non plus par le suicide. Non. Il faut... Travailler... Travailler chaque jour. Il faut travailler point fin... Et on reprend le machin... Droite avant... 2... 3... Gauche arrière... 5... 6... Droite... 2... 3... Et on appuie dessus... 5... 6... Droite... 2... 3... Gauche à gauche...

On y serait allés en sabots je vous dis ! Avec les chaînes. Je les poussais. Bloqués dans les congères. On a notre concooours on a notre concooours ! et ils nous laissaient passer ! Des routiers super-sympas. On y voyait pas comme vous et moi. Avec sa robe à crinoline toute raide et mon smoking tout raide. Et comme ça dix-sept dimanches d'affile avec une danse différente chaque dimanche. Sur les plus belles pistes et à toute vitesse sinon on perdait les points. Je ne voulais pas qu'elle conduise ça m'aurait énervé. Tapissée d'affiches et d'extraits de presse la voiture. Impossible de faire une marche arrière ! De l'avant toujours de l'avant ! On dormira quand on sera morts ! Comment je fais ? Je vais vous répondre ! C'est très simple je ne bois pas je ne fume pas et je prends du magnésium ! Alors imaginez entre les interviews les déplacements la valse et la conduite je n'ai pas fait les comptes mais on dépassait largement les trois-huit. Et tenez-vous bien l'organisation s'appelait « Le Temps de Vivre » ils nous auraient fait crever oui !

Un jour vous allez rire je lave la voiture et hop nous voilà partis. On trouve une table. Le ciel était gris mais gris ! Ma femme a toujours un drap propre dans la voiture. Le temps qu'on installe. On avait le rayon de soleil sur la table. Le ciel était gris et nous on avait juste le rayon là où on mangeait. Mais pas là tout autour non le rayon là dans nos assiettes. C'est dingue ! Le soleil est pour nous ça va nous profiter ! Vous allez rire. On a fini premiers de toute la France. C'était notre journée. À nous. Tout nous profitait.

Et pourtant la piste ils l'avaient graissée mais graissée ! Ils avaient foutu de l'encaustique là-dessus et ça collait ça collait l'horreur ! Un parquet doit être décapé à l'essence de térébenthine. Surtout pas de cire ! Invalsable tellement c'était gras ! Le jury a dit d'accord on va en tenir compte. Et il en a tenu compte parce qu'on est restés collés mais on a gagné ! Quand ils ont annoncé les résultats on pleurait mais on a gagné. Et quand on est sortis tout était bleu... La Normandie était bleue... Ma femme était bleue... Mais bleue bleue !... Mais je la voulais je la voulais !...

Pour bien danser il faut l'amour

derrière. Il faut aimer. Le mot AIMER. Quand vous aimez c'est l'apothéose la viennoise. J'ai été subjugué. Je n'avais jamais connu de vraie viennoise. Pour moi la viennoise c'était de la musique d'ambiance. Quand on bricole à la maison on écoute de la viennoise. C'était de la musique de bricolage. Combien de fois je me suis tapé sur les doigts avec de la viennoise dans les oreilles ! Indansable la viennoise ! À un moment donné il n'y a même plus les trois temps. Ça se ralentit. Il n'y a plus qu'un gros temps mais qui s'éternise. Et au moment où je vais quitter ma femme parce que moi c'est vrai je préfère m'arrêter que d'attendre que ça vienne. Ça m'énerve. Au moment où je vais la quitter. Hop ça y est ! voilà les trois temps qui reviennent. Tranquilles. Comme s'ils étaient partis pisser. Alors je peux la finir. La viennoise je vous assure je n'étais pas friand. Moi j'étais branché musette. Battement deux cent quinze à la noire. La viennoise c'était... c'est... Ça n'a rien à voir avec elle rien ! C'est... Personne ne la fait comme elle ! Aujourd'hui je l'ai rattrapée et c'est grâce à elle. Mais il a fallu cravacher. Demandez à ma femme !

Avec la viennoise je monte au septième ciel !... Nous avons le toucher de la hanche... Ce n'est pas un face-à-face... C'est un hanche à hanche... On ne doit pas voir le jour entre les deux. À partir de la hanche les corps partent en V. Le V de Vienne ou de valse. Ça fait la tulipe... Pour moi c'est venu d'instinct avec ma femme. Je fais du corps à corps d'instinct. C'est venu comme ça point fin. Il y en a qui ont la voix pour chanter. Moi j'ai le corps pour valser. C'est comme ça. Et ma femme c'est pareil. D'instinct. Moi je gagne mais je n'ai pas de mérite. C'est elle qui gagne. Je fais ce que je veux quand je veux moi je n'ai pas de mérite. Je relève ma poupée je couche ma poupée elle me suit. J'ai une cavalière elle me va. On ne peut pas expliquer ça elle me va point fin. Il y en a qui sont mal assortis. Mais moi elle me va. Et je sais que ma femme peut en dire autant. N'est-ce pas ! ?... Oui...

J'aurais pu en avoir des tas d'autres mais c'est elle qui me va. C'est tout. Ça ne s'explique pas. Ça ne se discute pas. C'est comme ça. C'est simple. J'aime mieux perdre avec ma femme que gagner avec une autre.

Et elle est d'accord sinon je le saurais

parce qu'à notre niveau on a pas le droit à l'erreur. Un dixième d'hésitation que j'ai elle se plante. Un soupçon de mon corps elle me suit. Un faux soupçon de mon corps j'engage mal et terminé elle ne peut pas me rattraper. Et dans tous les domaines. Je dois l'ouvrir et ça je ne le fais pas. Elle dit que je ne le fais pas ! C'est une question technique. Peut-être. Il faudrait voir avec un technicien. Mais moi je n'ai jamais vraiment appris. Et ça finalement ce n'est pas bon. Le taxi-boy lui il sait ouvrir et refermer avec sa main. Moi je ne sais pas faire ça. Elle dit que j'ai un problème de guidage. C'est faux ! Mais quand elle veut avoir raison il n'y a rien à faire pour la démordre. Bien sûr j'aurais fait ça avec Pierrette Huguette ou Georgette j'aurais été obligé de m'imposer mais je ne me suis jamais imposé. En rien d'ailleurs. Chacun ses défauts. J'adore le mambo elle pas du tout. Un jour je lui demande fais-moi un petit coup de mambo. Elle me plante sur la piste et elle est partie. Mais elle est revenue... Plus tard... Beaucoup plus tard !... Avec le recul je crois qu'elle a bien fait !

Après tout ça vous vous rendez compte... Après tout ça ils n'ont plus jamais voulu nous remettre premiers !

Je progresse. Je me regarde en cassette sur la télévision. Je me rectifie avec le professeur. Qui est un professeur ! Et gentil. Il nous suit partout. Ma femme l'adore. C'est sa récréation elle dit. Attention ne pas confondre avec un moniteur. Le professeur peut enseigner en faisant l'homme et ou la femme. Que le moniteur ça pourrait être moi. C'est-à-dire je peux enseigner les passes de l'homme mais je ne me sens pas capable de faire les passes de la femme. Le professeur a tous ses diplômes. Pas moi !... Mais je ne comprends pas. Je m'améliore et il y a des patates qui passent devant moi c'est fou non ! ?... Ils m'ont fait chialer. J'atteins la perfection. J'accède au summum. Et plus je m'épluche plus je me trouve à la queue. Jusqu'à ce qu'ils m'aient expliqué et vous allez entendre l'explication ! Tenez-vous bien ! Il me dit vous êtes trop bien !... Il me dit le jury vous faites trop de figures ! Vous vous rendez compte j'étais trop bien. J'aurais pu chercher longtemps !... Vous n'êtes pas assez classique ! Il faut régresser ! quoooooiiiiii !... Moi qui suis super-classique je ne suis pas assez classique !... C'est la meilleure !... Mais je lui ai dit moi au jury. Mettez-vous à la bonne page ! Demain on change de siècle ! Aujourd'hui on fait toutes sortes de figures ! On abandonne sa cavalière et puis on la reprend ! Vous savez ce qu'il me répond ? Il me répond NON ! On ne la reprend pas parce qu'on ne l'abandonne pas. Il faut régresser ! Vous vous rendez compte je n'étais pas le meilleur parce que j'étais meilleur. Ça c'est de l'explication ! Alors maintenant je vais vous poser une question. Comment voulez-vous régresser ? Je vous le demande !... Comment ? !... En quoi que ce soit ? !... Comment régresser ? !...

Pas faire ci pas faire ça pas faire de toupie pas faire de pointé pas faire de flecker. Moi le flecker je le fais à droite et à gauche. La première fois que je l'ai tenté le professeur me dit allez-y plus vite plus vite tu vas simplement finir par te marcher dessus. J'ai fait plus vite plus vite et de plus en plus vite vite vite vite et je ne me suis jamais marché dessus. Le flecker il n'y a pas trois couples en France à le faire dans les deux sens. Il n'y a que moi et deux autres et encore parce qu'ils nous ont copiés. Et je parle des vrais couples parce que la plupart ce sont des faux couples. Vous savez c'est facile maintenant avec le pognon tu peux être champion du monde partout même en Amérique. Une année les premiers au championnat de France c'était un couple espagnol comme quoi il y a de la magouille ! C'est comme le patinage artistique s'il n'y avait que des jurys français on n'aurait même plus besoin de s'entraîner. Ils nous ont collé un jury international tant pis pour nous ! On ne peut plus être le premier maintenant avec le favoritisme. C'est facile tu arrives trois mois avant le championnat du monde. Tu fais la campagne tu arroses tout le monde tu serres des louches tu fais des exhibitions et quand tout le monde est éclaboussé en avant la musique tu es champion du monde ! Et ça personne ne peut te l'enlever. Quand tu as la médaille au cou et les interviews le commun des mortels il croit tout ce qu'on lui dit. Et si moi je dis que lui il est champion du monde et qu'il valse comme une patate on va dire que je suis jaloux. Mais je ne suis pas jaloux je dis simplement qu'il vaut mieux avoir deux mille figures dans le tempo que deux figures à contre-tempo c'est tout. Mais je n'ai pas à être jaloux je suis le meilleur. Jaloux de quoi ? D'une patate ! Je n'ai pas la médaille mais je sais que je suis le meilleur avec ou sans figure. Et celui qui est une patate il le sait aussi. Qu'il est une patate. Il l'oublie dès qu'il a la médaille parce qu'il y a trop de monde autour qui lui brouille la mémoire mais moi je n'ai pas oublié que je suis le meilleur. Je sais ce que vous allez me dire ! Vous allez me dire pour 1 2 3… 1 2 3 ! Ce n'est pas la peine de se mettre dans tous ses états ! Soyez positif ! Oui je suis d'accord avec vous ! Il faut être positif ! Seulement moi j'y suis de trop ! D'ailleurs c'est tous des patates ! Je les respecte parce que ce sont des valseurs et que du moment qu'on valse avec son cœur il n'y a pas de patate. Mais moi ils ne me respectent pas. Et c'est ça précisément qui va changer parce que moi je n'ai pas les pépettes pour être champion du monde eh bien c'est le monde que je vais laisser tomber. Je vous laisse le monde et je garde ma femme. Avec ou sans médaille personne ne pourra me l'enlever parce que là je suis le champion le vrai le grand toutes catégories. Que je sois deuxième ou dernier ça ne m'enlève rien. Il y en a qui sont premiers et terminé ils arrêtent. Moi non ! Je préfère perdre et continuer. Et ça ma femme me l'a dit tu es à la queue mais ça ne te retire rien. Tu ne dois pas te séparer de la valse.

Vous savez on n'a pas deux vies on n'en a qu'une et on la poursuit sinon bien sûr j'en reprendrais une tout de suite. Une oui mais pour améliorer la valse avec ma femme parce que le jour où il va en manquer un des deux ce sera la catastrophe. Parce que personne ne valse avec ma femme comme elle valse avec moi. Personne ne valse ensemble comme nous. Personne ne peut accéder au stade où nous sommes de perfectionnement. Nous sommes bien au-delà des classements des palmarès et des patates. Nous sommes au-delà de la valse même avec un grand V. Nous ça fait belle lurette que nous ne faisons plus qu'un. D'ailleurs quand je parle de nous de notre couple de notre valse je dis JE. Vous avez remarqué. Et elle c'est pareil. Elle dit JE. Alors vous pensez bien que lorsqu'on arrive à un tel degré d'osmose et là je dirais même de cosmose... Nous sommes dans l'androgynie. Nous n'avons plus peur de rien. Ni des autres ni de soi-même. Parce que nous sommes dans le mouvement perpétuel. Nous sommes satellisés *ad vitam aeternam*. Nous sommes dans l'universel. Parce que nous nous tournons autour de la terre et pour toujours. Nous sommes tellement malheureux l'un sans l'autre…

ALORS POURQUOI ELLE EST PARTIE JE VOUS LE DEMANDE ! ?…

Pourquoi ? !…

Je sais c'est trop fragile. Ça ne tient à rien l'équilibre. C'est un fil. Une bulle de savon. Pas droit à l'erreur. Une chaise qui traîne. Un pied de table. Un choc. Une inattention et ça pète comme du verre. Une goutte de sueur. Une chaussure délacée. Un soutien-gorge qui claque. Un souffle il s'en faut d'un souffle. C'est du secret. Un courant d'air. Du frôlement. C'est hertzien…

Mais pourquoi je vous le demande ?

Pas de réponse !… Alors j'ai fait comme tout le monde. J'en ai bouffé j'en ai bu j'en ai chié ! Je l'ai dansée la salsa bitumée ! Rock'n roll c'était devenu ma vie ! Matin midi et soir. J'étais devenu maigre mais très fort. Avec des petites acrobaties. Si je ne casse rien. Si je sais rocker entre les beaux verres nos belles assiettes nos bols à prénom et le service à thé de la tante Marcelle je peux vraiment rocker n'importe où. Il faut toujours commencer par ce qui est plus compliqué il a dit le professeur. Techniquement j'étais au sommet. Au sommet de la connerie oui !… champion du monde tout seul j'étais. C'est sûr ! Et je l'ai eue la coupe ! En cristal d'Arques. Contre le mur je l'ai eue. En kit !… Mais je n'ai jamais recollé les morceaux. J'ai tout balayé et j'ai repris la valse pour toujours. ACHARNÉ ! ENCHAÎNÉ !...

Je me suis dit il faut être spécialisé et peut-être elle reviendra...

Alors…

J'AI tout recommencé à zéro...

Et en individuel. Je viens en individuel. Et je recommence par la marche. Parce que sur la marche déjà il y a beaucoup de choses à dire. Sur la marche déjà il y a un malaise...

Pas le bassin devant ! Ne pousse pas avec le ventre ! Ce n'est pas avec le ventre qu'il faut trouver la distance avec la partenaire ! Et c'est quoi toutes ces raideurs ! Dans les jambes et ailleurs !... C'est à toi de faire le premier pas ! C'est l'homme qui engage sa jambe le premier ! Au deuxième pas tu t'écartes et c'est ta femme qui engage sa jambe ! Au deuxième pas c'est presque elle qui est maître sauf que c'est quand même toi qui tiens ! Devant derrière ! Le temps fort il est sur ton premier pied. Mais j'ai deux pieds lequel est le bon ? !... C'est celui qui va te botter le cul imbécile ! Tu sauras que c'est le temps fort et tu t'en souviendras toute ta vie !

C'est physique ! C'est le couple ! C'est le maître-couple qui tourne ! C'est physique ! Et tu longes les murs. Si la salle est carrée tu imagines le cercle et tu tournes dessus. Si ça n'avance pas tu emmerdes les autres ! Si tu restes sur place tu emmerdes le monde ! Un bon couple doit tourner sur un guéridon ! Et sur un guéridon tu n'emmerdes personne !

Un tour deux tours trois tttt... Pourquoi tu t'arrêtes imbécile ! Tu y étais là !

Ne t'arrête pas quand tu y es c'est trop bête ! Arrête de t'arrêter ! Tu sais ce qui s'est passé ? Tu as balancé à gauche le corps et tu as avancé le pied gauche. Je sais ça porte bonheur. Mais comment tu veux faire ça ? Ce n'est pas possible ! Ou alors c'est que tu es un surhomme ou une surfemme. Or tu n'es ni l'un ni l'autre. Mais je... Taaaaais-toi et marche !...

Avec la chaise maintenant ! À l'endroit ! Parce que ça ne s'improvise pas. Danser tout seul comme ça avec de l'air entre les bras ! Avec la chaise c'est mieux que le Rien ! Une chaise c'est comme une bonne suiveuse ça se laisse faire et quand tu es fatigué tu t'assois dessus ! Mais tu n'es pas fatigué ! Ça a quatre jambes au lieu de deux mais ça se porte et quand tu sais valser avec quatre jambes plus les deux tiennes quand tu sais valser avec six jambes tu peux valser avec quatre ! Il faut toujours commencer par ce qui est plus compliqué ! Et quand tu sais valser avec ta chaise tu peux valser autour de la table ! Quand tu sais valser autour de la table tu peux revalser avec ta femme ! Peut-être...

J'ai tourné tourné tourné pour réapprendre les trois temps. Il y en a toujours un qui manque et ce n'est jamais le même. Tourner tourner tourner pas bloquer la circulation. Raser les murs. Frôler les pieds des femmes. Pas bouchonner. Faut que tu glisses le sol. Faut que ce soit fondu. Pas regarder par terre. De l'élégance. Mobile sur les pieds. Véloce dans les jambes. Souple dans le couple !

Et pour les bras la bouteille à gaz. Butane parce que Propane elles sont trop hautes. Et rouge ! Antargaz ! Pas les bleues avec un bouchon jaune. C'est Totalgaz. Pas les bleu clair. C'est Butagaz. Vitogaz c'est les vertes. Stargaz les grises et Primagaz les mouchetées grises. Berrogaz Monagaz et Thermogaz. Moi c'est Antargaz il faut que vous le compreniez que moi c'est rouge ! Je ne peux pas quand même prendre toutes les marques. Pareil pour les bols à prénom. Tu ne peux pas fabriquer tous les prénoms. Il te manque toujours le dernier-né. Un qui n'existe même pas sur le calendrier des postes. Après ils ont voulu des prénoms composés. Je leur ai dit achetez deux bols !... Ça ne les faisait pas rire du tout. Et moi non plus. Forcément eux aussi ils en avaient besoin pour le souvenir. Le petit souvenir. Pour ma femme qu'ils disaient ma belle-mère ma belle-sœur et les autres. Pour Roseline Pascaline et Carine la copine à Sandrine avec un C ! NOOOON ! avec un K ! Ensuite sont arrivés les prénoms arabes. Et de plus en plus. Moi je ne pouvais plus suivre à l'usine. Je ne pouvais pas inventer des prénoms de femmes toute la sainte journée. Je n'avais pas assez d'imagination à l'usine. Un jour je me suis énervé je leur ai dit allez au Mont-Saint-Michel ou à Lourdes ce sont les mêmes et il y a plus de choix ! À la fin les bols je les fabriquais sans prénom du tout. Vierges. Et je les écrivais moi-même à la demande avec un crayon spécial. Mais attention il ne fallait pas se tromper dans l'orthographe. Une orthographe voisine et pas de bol ils vous restaient sur les bras et que les yeux pour pleurer. Et ils atterrissent sur la table de mon petit déjeuner. Les Adeline Aouicha Djamila et les autres !... Maintenant je leur dis avant la naissance aux parents quand ils cherchent midi à quatorze heures. Je leur dis restez simples. Une seule danse et rien d'autre ! Quant aux ronds de serviette il n'y en a plus ! Il n'y a plus de ronds de serviette ! Il n'y en a jamais eu. Avec ou sans crayon. Il n'y en aura jamais. Avec ou sans prénom. Ma femme est partie. Je n'ai plus de souvenir pour personne. Envoyez des cartes postales. La même pour tout le monde. Choisissez votre cavalière et n'en changez plus ! Choisissez votre couleur une fois pour toutes ! Choisissez rouge ! Ne me demandez pas pourquoi ! De toute façon c'est le même nombre de gaz dans toutes les bonbonnes. Et après on n'en change plus à cause de la consigne.

On appelle ça une charge. Et c'est lourd une charge. Même vide c'est lourd. Au début une minute une minute quinze et petit à petit un quart d'heure vingt minutes. Sans pose. Et sans regarder la montre. Et après pleine. Le professeur a dit c'est toi le capitaine. Tu dois la tenir ta charge. Si elle t'échappe elle explose. Il faut toujours recommencer par ce qui est plus compliqué. La bonbonne à gaz pour la musculation des bras. Impeccable !

Je ne laisserai plus jamais partir ma cavalière. Même étourdie. Et jusqu'au bout. Raccompagnée et rassise !

Bravo ! il me dit le professeur. Tu es prêt pour le grand saut ! Tu as la hargne !

Tu as retrouvé tes muscles ton cœur et ta tête tu vas y arriver !

Il m'a pris dans un coin du cercle et il a ajouté. Si malgré tout ça tu ne parviens pas à te réadapter à la valse je vais te faire une fleur.

Je t'explique. Puisque tu es à l'aise sur un deux cent quinze à la noire je t'ai trouvé une cavalière à deux cent quinze à la noire. J'ai arrangé le coup avec l'orchestre. Il est d'accord pour vous jouer l'*Imprévu* à deux cent quinze. Et une fois lancé avec la petite tu ne t'arrêtes plus. Au pire tu fais du surplace mais tu gardes le tempo. Tu marques 1 2 3… 1 2 3. Tu sautilles. Tu piétines. Tu te tortilles. Pas trop quand même ! Tu gesticules. Pour ne pas perdre la main avec les pieds. Vaille que vaille. Coûte que coûte. Un robot. Tu es un robot. À deux cent quinze à la noire. Ça manquera de gracieux mais ce sera efficace. Et pour la fin tu reviens à la normale bien sûr. Quand la musique s'arrête tu t'arrêtes tu fais petit bisou tu lui dis merci et tu la raccompagnes bien sûr. Tu vas le sentir quand la musique s'arrête ?!... Tu vas l'entendre ?!... Hein ?!... Même très concentré tu vas le sentir hein ?! Hein ?!...

À cet instant je crois que je ne l'écoutais plus le professeur. Mais il continuait lui. Il ne m'a pas lâché !... De toute façon dans le pire des cas je n'ai jamais vu un type même très amoureux qui ait valsé jusqu'au petit matin à deux cent quinze à la noire. En général il s'écroule avant !

Voilà ! Il me dit. Avec tout ça tu es paré !

Eh bien pas du tout ! Je n'ai pas été paré du tout.

Il me l'a mise.

Je ne savais pas comment la prendre.

Je vous assure que lorsque vous avez une fille entre les deux bras. Que vous n'avez jamais vu cette fille-là. Même croisée en ville. Que vous n'avez jamais entendu parler d'elle. Que vous ne connaissez ni son nom ni son prénom. Qu'elle vous arrive comme ça sans crier gare. Que ça aurait pu être une autre complètement différente mais que c'est celle-là. Qu'elle ne vous connaît pas mais que c'est elle qui est en face de vous et que vous n'y connaissez plus rien sauf d'avoir répété tout seul on se demande pourquoi puisque quand elle est là plantée avec son corps vous ne vous souvenez plus de rien à part que ça a trois temps et que ça se danse à deux ! Eh bien croyez-moi c'est pas évident ! Et c'est là qu'on se dit j'étais mieux tout seul avec mes bouteilles à gaz à les compter toutes les nuits et les recompter et les recompter et les recompter parce qu'on ne sait plus où on en est parce qu'on pense à autre chose. Et là croyez-moi avec la fille là devant moi je ne pensais pas à autre chose qu'à mes bouteilles à gaz manque de pot c'était pas le moment...

De compter oui ! Ça c'était le moment ! Pour ça pas de problème 1 2 3 ça allait tout seul... 1 2 3... 1 2 3... je pouvais faire ça pendant des heures sans la toucher. On fait traîner. On regarde autour. On se regarde. Chacun son tour. Vice versa. Très peu. Va falloir que je la prenne. Qu'elle me prenne. Qu'on se prenne. Y a qu'à y a qu'à ! Va falloir que ! Ce serait bien que ! Et ainsi de suite jusqu'à la soif. Ce jour-là les sensations fortes ce n'est pas en dansant que je les ai eues. C'est avant ! Frissons. Transpiration. Tremblements. Moiteur cutanée. Appelez ça comme vous voudrez mais il n'y avait pas de médecine. La valse pour moi c'était plus inné.

Je lui ai serré la main. Bonjour mademoiselle et je suis parti. Je ne sais pas ce qu'elle avait dans la main elle aussi mais à nous deux c'était la marée haute. J'ai bien fait de partir même sa main je n'aurais pas pu la garder dans la mienne. Le professeur criait dans ma tête. Mets ta main dans sa main ! Mais ça glisse ! Je me suis accroché j'ai serré ça dérape ! Il faudrait les menotter nos mains pour être prisonnier de la valse !...

J'ai bien fait de partir. Mais je suis revenu. Persévérant. Le jour suivant je ne l'ai jamais revue. Il paraît qu'elle était là mais je ne l'ai jamais revue. Pourtant des filles j'en avais connu. J'étais déniaisé déjà. Mais là je ne sais pas. C'était trop près. Le grain de la peau. Le petit bouton dans le cou. Ses mollets ses chevilles. C'est simple je la voyais nue. Devant moi. Je la voyais nue. Nue oui exactement nue. Avec les... pieds nus... Cul nu... Je ne sais pas comment dire... Nue... Avec rien... Mais rien du tout. J'avais déjà vu des femmes nues oui mais là elle était plus que nue elle était... Inconnue...

Maintenant quand j'arrive au bal du Muguet au bal de la Mer au bal des Pompiers ou au bal de la Bière et que je suis tout seul je le fais exprès ! Mais attention je n'y vais pas pour danser. Non merci ! Non j'ai arrêté !... Tout ça c'est fini. Terminé ! Point trait !

Je suis conscient que je valse bien parce qu'on me l'a dit. J'aime plaire oui mais je n'y vais pas pour sauter le gibier. J'y vais pour l'ambiance. Pour le contact. Sans penser forcément au flirt. Seulement au contact. Mais pas pour valser. Non !

Je m'installe au bar. Je demande au barman c'est qui la meilleure valseuse ? Il me répond elle va venir boire un verre tout à l'heure ! C'est vague tout à l'heure. C'est vague mais j'attends. Trop risqué si je l'invite. Être refusé non merci. J'attends. Un quart d'heure vingt minutes sans regarder la montre. Elle arrive. Elle parle au barman. Le barman me parle.

Ça fait un contact. La prochaine valse voulez-vous la faire avec moi ? Elle accepte. Elle est piégée.

Voilà c'était un test c'est tout. Comme le type qui a arrêté de boire. Il commande une bière il regarde sa bière et il n'y touche pas.

C'est ça la force ! Je lui dis au barman.

Après tu peux inviter qui tu veux. Est-ce qu'on peut en refaire une ? C'est gagné. Tu comprends. Le type qui veut garder sa femme il danse avec. Il l'invite avant que j'arrive. Et s'il ne sait pas danser tu lui dis je danse très bien avec votre femme est-ce que ça vous ennuie si je continue ? Là tu le désarmes. Il est baisé. Il ne peut pas dire non. Et s'il intervient plus tard et qu'il te dit. Ça suffit maintenant ! Il est encore baisé parce qu'il s'est conduit comme un abruti. Il n'a pas le choix le type. Il n'a qu'à se battre. Et se battre c'est valser avec sa femme. S'il la frustre il est mort ! Et là ce n'est pas le flirt. Juste le plaisir. Juste le contact. Le contact ce n'est jamais innocent. Tu y trouves un plaisir. Automatiquement. Tu n'as pas d'intention quand tu invites. S'il t'arrive une aventure elle t'arrive tant pis. Mais tu n'as pas de projet au départ. Mais il va se passer quelque chose. Automatiquement. La valse on se touche y a pas à tortiller. Tu sens comment elle transpire si elle a les mains moites si elle a bonne haleine. Ça va quand même très loin la mauvaise haleine parce qu'on est quand même très proche et vice versa. Plutôt que de raconter tes misères. Tu valses. Tu ne perds pas de temps. Tu élimines les paroles inutiles et les toxines. Quand tu arrives à avoir un contact au sein d'une valse c'est le pied. Quand tu ne sais plus si tu es à l'envers ou à l'endroit si tu avances ou si tu recules. Là tu peux dire que c'est une rencontre au sommet. Mais quand une femme ne tourne pas à l'envers tu ne le sais qu'au bout de trois tours. Déjà si elle est bien à l'endroit tu es sûr de ne pas t'ennuyer. Tu fais tes trois tours et si ça coince à l'envers tu te débrouilles pour lui donner un peu de plaisir quand même. Après tu laisses tomber. Gentiment. Mais tu laisses tomber. C'est tout ou rien ! Parce que tu en as qui sont malades en valse. Et il n'y a pas de remède. Soit tu es de moins en moins étourdi soit tu es étourdi toute la vie. Parce que expliquer le travail de la tête c'est trop compliqué. Pour dissocier la tête il faudrait faire beaucoup trop de séances. D'autant qu'il y en a qui font le travail de la tête et qui sont étourdis quand même. L'injustice est partout. C'est un problème de respiration. À la base. Ils sont en apnée. Alors trois minutes d'apnée tu es mort. Tu n'enchaînes pas sur la suivante tu es mort !... C'est tout ou rien ! Parce que tu ne peux pas tricher en valse. Tu ne peux pas faire mine de savoir à l'envers. Tu ne peux pas noyer le poisson avec des renversés des retournés et des minauderies. Il n'y a pas de galipettes en valse. Il y a l'endroit et il y a l'envers point fin. Tu ne peux pas retourner ta veste. Quand tu es parti tu es parti. Si elle se prend les pieds dans le tapis alors qu'il n'y a pas de tapis. C'est le caca. Et si c'est le caca tu vas en manger jusqu'à la fin. Tu me diras ça ne dure que deux minutes trente. Oui mais deux minutes trente de caca tu regrettes de ne pas avoir réfléchi plus tôt. Tu ne te rattrapes pas au pinceau quand l'échelle est partie. Tu fais comme tu peux et tu t'emmerdes. Parce que c'est le vide en dessous et en dessous du vide c'est la honte. Tu es envahi par la honte. J'ai ma fierté moi !... Je n'ai pas envie qu'on me croie mauvais alors que je sais que je suis bon. Chang quand il a gagné contre Lendl à Roland-Garros sur un coup de salaud. C'était la victoire du plus mauvais contre le plus bon. Intrinsèquement bien sûr. Le mauvais entraîne le bon et vice versa. Ça donne quoi à l'arrivée. Du moyen. Le moyen c'est moyen. Et ça reste moyen. Y a pas à tortiller. Quand le moyen t'arrive sur une première valse. Il ne faut pas hésiter une seconde. Après la chute il faut tout de suite remonter sur le cheval pour effacer la chute. Mais sur un autre cheval. Une qui a conscience de son niveau et surtout du mien. Et là tu remets la pendule à l'heure.

Mais tu as des femmes qui sont dures à reprendre en main. Je lui ai dit au barman le plus abominable de tout c'est d'avoir une cavalière qui mène. Du coup les hommes sont fragilisés. Il y a un manque d'hommes. C'est pour ça que les femmes dansent entre elles. Et c'est toujours la même qui mène. Après elle n'arrive plus à s'adapter à l'homme. Il y aurait une thèse à faire là-dessus. Ça a sûrement été fait sinon il faudrait la faire. La femme doit être présente en se faisant oublier. Presque oubliée.

Et grâce à la haute technicité tu vas vers l'extase. Plus tu es bon plus tu danses collé. La valse c'est la reine des danses. C'est la pêche à la mouche du pêcheur de truite... Mais moi je ne prends qu'une seule truite ça me suffit ! Après je casse mon hameçon. J'ai la même sensation au bout de ma canne et elles elles continuent à courir.

Que le tango plus tu progresses moins tu te rapproches. Le tango moi j'ai envie de le délaisser. J'ai l'impression d'avoir fait le tour. Mais j'aime bien le tango quand même.

Je ne dis pas non au paso doble. Je le danse comme si je voyais une corrida. Il faut dire je suis un peu chasseur. Mais à la chasse je ne prends que ce dont j'ai besoin. J'aime la chasse pour la traque pour l'affût.

Et pour emballer la rumba. La danse

de l'emballage c'est la rumba. C'est le genou qui travaille. Dans *Amore Amore* c'est le genou. C'est le travail au corps c'est normal. Le rapprochement des continents et après ce sont les yeux. Après les yeux c'est la bouche. Après la bouche c'est le plumard c'est normal. Mais avant le plumard c'est le regard. Et avant le regard c'est le regard.

Tu entres dans une salle. Il y a un type qui ne te plaît pas. Tu ne sais pas pourquoi tu ne le connais pas. Il te regarde tu ne peux pas le pifer. Tu ne sais pas pourquoi c'est le regard et vice versa avec un type sympathique. On se regarde on se plaît. C'est comme ça que j'ai connu ma femme. Une très grande salle. Nos yeux s'invitent. On aurait dit qu'ils valsaient depuis vingt ans ensemble. Je devais repartir le dimanche. J'ai remis ça au lundi.

Six mois plus tard on était mariés. Mais tu n'attaques pas tout de suite. C'est ma femme qui attaque. Selon son placement tu sais si elle attaque. Ce sont les cuisses qui travaillent. C'est au toucher. Tu joues de la hanche et du talon. Si elle se serre c'est que tu peux la serrer. Du coup les corps se serrent. Si tu es d'accord avec ton corps et vice versa les corps s'accordent encore et encore dans un corps à corps et tu finis à joue. Quand tu finis à joue c'est cinquante pour cent du boulot. Et ce n'est pas pour ça que tu finis au plumard. Tu comprends ! Il ne faut pas exagérer. Ce n'est pas le but. Il y a des valseuses qui pourraient se mettre à poil devant moi ça ne me ferait rien du tout... Mais rien du tout... Si ce n'est pas mon style de femme !

Parce que tu as des bals il y a trois femmes pour un homme alors il faut en avoir les moyens. Tu te prends une table. Tu sens les regards. Tu es peinard. Tu n'es pas en demande. Tu bois ta bière. Tu mates. Tu repères la meilleure valseuse la meilleure tangotiste. Puis-je me permettre ? Tu swingues. Enchanté. Terminé. Tu bois ta bière. Tranquille. Tu fidélises un peu. Deux danses avec l'une. Une avec l'autre. Parce que à choisir entre une moche qui danse bien et une belle qui danse mal je prends la moche. Je suis venu pour l'ambiance. Maintenant si la belle elle danse bien je l'invite quand même. Ras le bol de traverser la piste. Je m'invite à leur table. Puis-je me permettre ? Elles acceptent. On a discuté. On a partagé. J'ai parlé parlé parlé... Ça m'a apporté des tas d'échanges. C'était vraiment sympa. Et à deux heures du matin. Je les ai remerciées et je suis parti. Tout ça pour dire que... j'ai vraiment passé une très bonne soirée ! ?...

À quatre heures je ne dormais pas bien sûr. À quatre heures et demie non plus. J'ai craqué. Je suis allé chez le professeur et je lui ai demandé.

C'est qui la cavalière idéale ? Il a sifflé. Il a levé les yeux vers le plafond. Il a fait un grand silence. Longtemps. Je me suis dit il ne va pas réussir à répondre. Et d'un seul coup d'un seul. Il a dit... LÉGÈRE... Puis sans faire de silence il a ajouté. Et ça ce n'est pas une question de poids !

Voilà j'étais renseigné !...

Les bras m'en sont tombés. Il les a récupérés et il m'a emporté... Le professeur qui est un professeur a pris ma maladresse sur le parquet ciré de la chambre.

Ça ne ressemblait à rien de ce que j'ai connu... J'acceptais de ne plus rien voir autour... J'étais dans un tourbillon qui m'emmenait au-delà... J'étais vraiment étourdi... Mais sans le tournis... Le tournis sans le tournis. L'œil du cyclone ! Le centre du kaléidoscope. Comment vous expliquez ça vous ?... J'ai fermé les yeux. J'ai vu mon corps. Je l'ai reconnu... Voilà ! C'est tout. Ça a pris. C'est tout ! Pas de fatigue. Le qui-vive. Il me suit. Je le comprends. J'anticipe. Pas de temps mort. Aussitôt il fait. Aussitôt je fais. Étourdissement. Vertige. Relâchement. Tellement vite. Bien gainée. Bien solide. Mal à tenir. La tête partait. Les épaules partent. Le corps partait. Les jambes partent. Tout partait. Tout part. Alors les pieds aussi. Ils sont partis...

Vous savez on n'a jamais fini d'apprendre. Toute sa vie on peut améliorer son style.

Quand je prends une femme maintenant je lui dis voilà la danse c'est macho ! Ça veut dire qu'on obéit. Ça n'engage pas la vie pour autant. Mais quand on est dans mes bras on obéit parce qu'il faut qu'il y en ait un qui commande. Et c'est l'homme. Les pas sont construits pour que ce soit l'homme. On ne peut pas tout changer. Alors si vous voulez valser vous vous pliez à cette règle. Vous ferez ce que vous voudrez après mais dans mes bras vous pliez. Si je veux que vous alliez à gauche vous irez à gauche. J'en ai les moyens ! Si l'homme a la main molle. S'il a le bras mou. Y a pas à tortiller. Il ne peut pas mener sur un bras mou. Moi j'ai le bras dur c'est comme ça ! Je fais valser tout ce qui bouge. Ça ne se discute pas ! Je vais vous soulever si vous ne tournez pas. Je vais vous soulever pour faire le demi-tour. Vous ne toucherez pas les pieds par terre mais vous allez le faire le demi-tour. Si vous vous détendez vous aurez l'impression d'avoir valsé toute votre vie. Le travail c'est pour moi ! Vous vous vous laissez aller. Si vous dirigez je vous casse ! On ne peut pas fausser les règles existentielles ce n'est pas possible ! On ne peut pas diriger à deux on va se péter la figure. C'est moi le patron il faut que vous le compreniez ! Et quand elle le comprend c'est formidable. Pour un pédagogue. Quand vous vous laissez diriger. C'est formidable. Et ça n'engage pas la vie pour autant. Si tu engageais ta vie à chaque fois que tu valses bien tu ne ferais que ça.

Et c'est ça qui est bien avec le changement de partenaire. Toutes les femmes me passent entre les mains…

Les grandes. Les grosses. Les maigres. Les petites. Les grandes maigres. Les petites grosses. Les vieilles. Les élancées. Les fortes. Les larges. Les tout en os. Tout en jambes. Courtes sur pattes. Les asperges. Les grandes bringues. Grandes gigasses. Les juments. Les arrondies. Charnues. Charnelles. Les opulentes. Corpulentes. Mal pattées. Les joufflues. Les plumes. Les obèses. Obscènes. Potelées. Rondelettes. Rondouillardes. Rigolotes. Rigolardes. Les bien tournées. Coquettes. Charmeuses. Les allumeuses. Les ravissantes. Robustes. Bien balancées. Les bellotes. Les bien roulées. Girondes. Cultivées. Séductrices. Les intellectuelles. Les enjouées. Les pataudes. Les courtes. Les sèches. Étriquées. Rikiki. Les cucul. Solitaires. Les poupées. Les petits saxes. Les demi-portions. Ras du sol. Midinettes. M'as-tu-vu. Les petites mains. Les chattounes. Les pétulantes. Difformes. Les têtes chercheuses. Mal bâties. Mal foutues. Les tartignolles. Les tocardes. Les laiderons. Les fortunées. Les malchanceuses. Parvenues. Rentières. Bien nourries. Plantureuses. Besogneuses. Crève-la-faim. Traîne-semelles. Va-nu-pieds. Les chétives. Décharnées…

Mais ce que je préfère avant tout c'est la MARIÉE !

Oooooooooh ! Je ne prends pas la première Valse. Je ne suis pas un goujat.

Non la première c'est pour son père. Mais j'arrive juste derrière. Je l'entends l'accordéon. Orphelin qu'il est. D'un mâle et d'une femelle pour un accouplement bancal qui n'aura pas lieu. Je le vois l'oiseau blessé. Je jaillis dès les premières mesures. Quand personne n'a encore détecté les trois temps. Je ne parle pas du mari. Toujours en retard d'un wagon. Il ne comprend pas ce qui lui arrive le mari. Trois fois sur quatre il en a tellement peur des trois temps qu'il est parti pisser. Ou qu'il est parti trop tard et qu'il pisse dans son froc histoire de le baptiser. Le temps que ça sèche je peux faire toute la série et la reprise avec. Et tant pis pour les jaloux. Je n'ai rien volé moi. Je ne cambriole pas. Je n'escroque personne. J'ai juste faim. Je veux juste être hors du temps. M'échapper du monde. Décoller un peu. Et si c'est avec une colombe que je m'élance c'est pour aller plus haut et ne plus jamais redescendre...

Au début bien sûr elle est timide. Appliquée. Au milieu du vide. Au centre de Tout. Et cent cinquante profiteroles autour. Cent cinquante voyeurs qui tricotent sous la table. Cent cinquante rapaces prêts à dévorer le parquet. Je la vois manquer d'air la libellule. S'asphyxier. S'empêtrer dans ses jambes. C'est pas la place qui lui manque ! Tout est dégagé pour elle. C'est pas le cœur qui lui fait faux bond c'est le courage. Affronter l'espace le passé l'avenir. Et tout ça en même temps. Faire ses preuves avant d'avoir vécu. Il faudrait que quelqu'un lui dise qu'il faut regarder loin devant. C'est comme en vélo. Si tu regardes tes roues tu es sûr de déraper. Oui elle manquait d'aise. D'assurance. De confiance. Elle manquait de tout. De vitamines. D'invention. De folie. D'insolence. Comment voulez-vous qu'elle avance le pied du côté du poids de son corps ? Comment voulez-vous qu'elle tourne si elle a peur de s'étourdir ?

Engoncée dans le tissu. Une main dans la mienne. L'autre pour la traîne. Les chaussures qui blessent. Évidemment. Elle n'avait pas pensé. Et personne pour elle. Qu'il fallait une bride. Pour lui tenir le pied. Ils n'ont pensé qu'à ce qui se voit. Qu'à l'entrée de la mairie. La sortie de la mairie. L'entrée de l'église. La sortie de l'église. Ils ont pensé au chapeau qui va s'envoler. Aux petites fleurs. Au tulle que tout le monde en veut. Pour la portière. Le pare-chocs. Et pour l'antenne ce serait joli. Ils ont pensé à la bouffe. À laver la voiture. Au cortège que personne se perde. Et quand tout est fini. Qu'elle a embrassé sur les trois joues. Qu'elle a dit merci et merci encore pour le cadeau. Je ne sais plus lequel mais il est sur la liste. Elle a les pieds gonflés. Avec des ampoules pour voir où elle les met. Il fait noir sous la robe blanche. Et pas une bride pour la guider la petite. Le mari en train de sécher. Et elle elle dérape. Elle ripe. Elle bafouille. Elle patine dans mes bras. Alors je vais t'emporter. Et tu vas t'oublier. Tu vas te jeter à l'eau. Y a pas le temps de réfléchir. Tu finiras par rattraper le bord. Une valse ça ne dure pas toute la vie. Regarde les vieux ils vont nous bouffer. La piste va être noire de monde. Ils n'ont pas le temps d'attendre les vieux. Pas le temps. Les jeunes réfléchissent trop qu'ils diront. C'est qu'ils ont tout compris les vieux. Qu'il n'y a rien à comprendre. Et ça ne se posera pas de question. Sur qui fera le premier pas. Le monde tombera d'accord. Pour pas se marcher sur les pieds. Ça va y aller dans le corps à corps !

J'te soulève. Tu n'fais rien. Tu t'laisses faire. J'te ferai pas d'mal. Oublie ton nom. Ton prénom. Ta date de naissance. Fini l'état civil. Ça va tourner. J'te dirai stop quand ça s'arrête. Ça va tourner. T'auras jamais vu ça. Laisse venir. Laisse partir. Laisse courir. T'occupe de rien. Pense à rien. Laisse-toi porter. Vaille que vaille. Coûte que coûte. Et vice versa. Y a plus d'parquet. Y a plus personne. Y a plus d'orchestre. Mais ça résonne. Y a plus d'musique. Y a plus les murs. Ni la toiture. C'est moi qui mène. On va s'répandre. On va surfer. C'est toi qui mènes. Oublie l'chapeau. Oublie les fleurs. C'est moi qui mène. C'est toi qui mènes. Il était bon l'canard en g'lée. Tu as aimé la pièce montée. C'est moi qui mène. C'est toi qui mènes. C'est moi qui t'aime. C'est toi qui m'aimes. Et ça pousse. Et ça avance. Et ça tourne. Et ça r'commence. Et ça r'commence. Et ça r'commence ! Agrippe mes doigts. On est partis. On est montés. C'est moi qui mène. Et toi qui m'aimes. Y a plus de haine. Y a que d'l'amour. Tu es ma reine. Y a pas d'problème. À perdre haleine. Et pour toujours. Regarde en bas. Tu les vois pas. Les vieux si jeunes. Existent plus. Encore un peu. Avant d'descendre. Encore un tour. Et un détour. Et des demi-tours. Ferme les yeux. On est r'pérés. Par les étoiles. Pourquoi en blanc ? On va nous voir. J'entends plus rien. On est perdus. C'est toi qui mènes. C'est moi qui t'aime. T'en as d'la veine. T'as un Eugène. Pour le plaisir. Et pour la peine. C'est moi qui t'aime. On va mourir. One two three. One two three. Eight nine ten. Eight nine ten. Je sais plus compter. J'entends plus rien. Qu'un coup d'cymbales. Et c'est la fin…

STOOOOOOOOOOOOOOOOOOOP !

Au tour suivant...

POUR les championnats départementaux. Pas dégonflé je suis venu avec ma bouteille à gaz. La rouge. Repeinte à neuf. Nous nous sommes inscrits pour la valse. Uniquement. Le tango le passo c'était impossible bien sûr quant au rock'n roll n'en parlons plus !... Il nous fallait une danse collée. C'était la valse.

Nous avons concouru pour le championnat de Bretagne. Tout le monde peut le faire la preuve j'ai gagné. Mais c'est une autre organisation qui organise. C'est-à-dire vous pouvez être poitou-charentais ou poitou-charentaise et gagner le grand prix Champagne-Ardenne. Vous serez champion du championnat Champagne-Ardenne point fin. C'est comme si vous gagnez Paris-Roubaix. Ça ne vous donne pas accès à autre chose qu'une médaille Paris-Roubaix. Ça ne vous donne pas accès au championnat du monde. C'est indépendant. Paris-Roubaix c'est Paris-Roubaix. Point fin. Ce n'est pas pyramidal vous comprenez. Le problème c'est que le grand prix Champagne-Ardenne s'appelle Champagne-Ardenne. Il s'appellerait le grand prix Jacques-Chazot ou le grand prix... Jacques-Chazot... Il y aurait moins de confusions... Mais de valse toujours. Spécialité valse. Tout se passe très bien. Nous avions choisi un programme court *Imprévu* de Gus Viseur. À la fin des deux minutes huit. Douze mille spectateurs qui se lèvent debout. Et au fond des douze mille. Toute seule. Avec un bouquet. Encore plus debout que les autres. En haut très haut presque invisible. Ma femme et son amie. La dame décédée du syndicat d'initiative.

Nous étions très confiants. Longue délibération des juges. Et au moment des résultats... Le drame. Elle a craqué ma cavalière. Explosion totale. Oui elle a explosé. Mais pas de joie. Non. Beaucoup de dégâts. Je ne l'ai su qu'après à l'hôpital quand la fédération est venue m'apporter les résultats définitifs en même temps que la facture. Piste défoncée. Toiture effondrée. Jury dans le coma. Orchestre traumatisé. Rotule pulvérisée. Crâne commotionné. Je ne vous parle pas de mon souffle au cœur on peut très bien vivre avec. Mais nous avions... gagné.

Rééducation fonctionnelle. Thalassothérapie. Je m'entraîne aujourd'hui pour le championnat du monde de valse aquatique. Ça n'a plus rien à voir. Les dossards sont en plastique et tu les as sur la tête. Le costume est réduit à sa plus simple expression. Plus d'habit plus de smoking plus de spencer. Costume une pièce. Juste un slip... Mais de bain. Très simple. Je l'ai choisi très court. La bouteille à gaz gonflable bien sûr. Même diamètre que l'autre et spécialement conçue pour ce type de pratique. Je la gonfle moi-même à la bouche avant chaque entraînement. Un kilo sept de pression pour que l'eau m'arrive exactement sous l'omoplate. Actuellement je suis en train d'en concevoir une avec un caoutchouc spécial plus résistant pour l'eau salée. Pression un kilo cinq parce qu'en mer on flotte mieux à cause des grains de sel. Matin entraînement physique intensif. Après-midi préparation logistique et programme informatique. Et la nuit j'apprends l'espéranto. Pour la grande traversée... J'ai choisi l'*Imprévu* de Gus Viseur le même *Imprévu* que le jour de l'explosion. Parce que après la chute il faut toujours remonter sur le cheval pour effacer la chute. J'ai juste changé de cheval. Je l'ai choisie mouchetée grise.

Pour moi une combinaison caméléon qui prend la couleur de la mer pour mettre en valeur ma cavalière. Dossard numéro un je serai tout seul. Walkman waterproof avec de tout petits capteurs solaires fixés sur le sommet du crâne. Je me suis rasé la tête. Pour le ravitaillement uniquement des liquides et des protides énergétiques à l'intérieur de la bouteille avec un petit tuyau d'arrivée que je pourrai téter à la demande. Au niveau sécurité. Pas de sécurité. Pas d'assistance à personne en danger. Pas de balise Arsat. Pas de fusée de détresse. Que ma mouchetée grise et moi gonflés à bloc ! Et en avant bonbonne !... Cap Canaveral !... Je prends Ariane... Je décolle enfin... Je m'envole... Pour un mambo avec la Voie lactée...

Direction Étoile...

★

Je remercie Jean et Lucienne, prince et princesse de la piste,

Jacques Foulon, valseur, chasseur et pêcheur,

Catherine, ma sœur, pour ma première valse,

Michel Le Martin qui professe avec amour.

Je remercie également Bernard Vettier,

Catherine Arzberger,

M. et Mme Truffert,

Jeannette Legué et Georges Coudrey qui eux ne valsent plus mais qu'est-ce qu'ils ont valsé !

Et tous ceux qui font des ronds dans l'air et qui m'ont inspiré ce livre.

REPRODUIT ET ACHEVÉ D'IMPRIMER
LE 10 JANVIER 2005
PAR L'IMPRIMERIE FLOCH, À MAYENNE
(MAYENNE).

SEPTIÈME ÉDITION

DÉPÔT LÉGAL : 1er TRIMESTRE 1997.
(61956)
Imprimé en France